제자리에서 흔들려라

제자리에서 흔들려라

발행일   2022년 12월 27일

지은이   김태완
펴낸이   손형국
펴낸곳   (주)북랩
편집인   선일영   편집   정두철, 배진용, 김현아, 류휘석, 김가람
디자인   이현수, 김민하, 김영주, 안유경, 최성경   제작   박기성, 황동현, 구성우, 권태련
마케팅   김회란, 박진관
출판등록 2004. 12. 1(제2012-000051호)
주소   서울특별시 금천구 가산디지털 1로 168, 우림라이온스밸리 B동 B113~114호, C동 B101호
홈페이지   www.book.co.kr
전화번호   (02)2026-5777   팩스   (02)3159-9637

ISBN   979-11-6836-654-1 03810 (종이책)   979-11-6836-655-8 05810 (전자책)

(주)북랩 성공출판의 파트너

북랩 홈페이지와 패밀리 사이트에서 다양한 출판 솔루션을 만나 보세요!

홈페이지 book.co.kr   •   블로그 blog.naver.com/essaybook   •   출판문의 book@book.co.kr

작가 연락처 문의 ▸ ask.book.co.kr

작가 연락처는 개인정보이므로 북랩에서 알려드릴 수 없습니다.

제자리에서 흔들려라

김태완 시집

📚 북랩

"시의 위대한 역할은 우리가 꿈꾸는 장면들을
우리에게 되돌려 주는 것이다."

- 가스통 바슐라르

목차

창조신의 최초시

모든 존재자의 모든 순간은
어떤 이야기에 머무르든
어떤 이야기로 넘어가든
최초의 이야기에서
영원의 이야기까지
매체와 묘사와 순서가 어떻든
불행 없이 행복만이 가득하리라

사막과 강가

사막을 횡단 중이다
낙타처럼 짐을 짊어진 여행자는
사막에 발자국을 남길 때마다
발바닥이 썩는 느낌이 든다
출발점에서 도착점까지
발이 편한 길은 없었다

메마른 일정을 소화하는 탐험가는
꽃 하나 피기 어려운 사막과
고생 없는 강가의 꽃밭을 비교한다
아름다운 오아시스가 있다고
사막의 빈곤을 용서할 수 없었다

여정을 동경하는 사람에게
해탈한 여행자는 주장한다
죽은 자를 위한 피라미드보다

제자리에서 흔들려라

산 자를 위한 흙집이 낫다고
오아시스보다 강이 더 아름답다고
강가의 사람들에게 말한다

꽃이 고생길에 피었다고
꿀이 더 달콤한 건 아니다
온실 속 화초에도
나비는 찾아오니
일상 속 꽃도 아름답다

강은 오아시스보다 깊고
선인장보다 진달래가 향기롭다

물

물이 된 눈은
왕년에 눈사람이라 말해도
과거의 영광일 뿐

제자리에서 흔들려라

오아시스의 부재

모든 어둠에 별이 있는 건 아니다
어떤 하늘은 오로라를 갖지만
어떤 밤은 반딧불이 하나 없으니
세상은 때때로 차별적이다

오아시스 없는 사막처럼
보상 없는 역경도 존재하고
발효되지 않는 상처처럼
교훈 없는 고난도 존재한다

준비가 미숙한 것을
인내력 시험이라 미화하지 마라
겪지 않아도 될 고생은
수련이 아니라 학대에 가깝다

제자리에서 흔들려라

어둠 없는 삶도 빛날 수 있으니
불필요한 시련을 주지 마라
겨울에 나는 나비는
감기에 걸릴 뿐이다

비 온 뒤에 남는 건
무지개가 아닌 수난이다

슬픔의 나눗셈

바람은
울릴 풀 없는
허공 속에서도 운다

구름은
적실 흙 없는
바다 위에서도 운다

사람이여
이불 동굴 속에서
홀로 흘리는 눈물을
억울해 말아라

저 하늘의 별은
햇살에 가려진 낮에도
꿋꿋이 빛을 던진다

　　　　　　　　제자리에서 흔들려라

나눠지지 않는 슬픔과
안부 없는 울음을
억울해 마라

슬픔 하나와
두 뺨이면
만 개의 눈물이 흐를 만하다

위로의 더듬이

관심은 위로가 되지 않는다
초원의 풀벌레가 나를 위해 노래하고
정직한 비가 내 어깨를 두드려도
그들의 사랑으로 근심을 덜 수 없다

누군가의 사랑이 진심이라고
호감을 느낄 의무는 없듯
자길 향해 쏜 마음의 화살을
전부 맞아야 하는 건 아니다

초대하지 않은 마음에
들어가려고 애쓰지 마라
언젠가 벗을 껍질이라며
번데기를 가르는 호의는
전장에서 갑옷 분리다

더듬이가 없어도

잘 사는 생물이 있다

위로 없는 슬픔

외면받을 용기가 없어서 울지 않는다
너의 눈물이 슬픈 호수일 때
나의 눈물은 더러운 구정물이고
슬픔보다 인기가 위로의 규격이 된다
똑같은 상황에서 울더라도
너는 위로받고 나는 박해받는다

외면당할 용기가 없어서 웃지 않는다
새가 되어 날개를 펼쳐도
암내가 난다고 욕을 먹을 뿐이고
비행 중이어도 지하보다 지위가 낮다
아무리 축하받을 상황이라도
나의 존잰 그 자리를 오염시킨다

나 같은 사람은 모두 무생물이라면
얼마나 많은 불행이 해결됐을까

제자리에서 흔들려라

신의 우월감을 위한 피조물처럼
나는 성실하게 무능한 삶을 살며
이 세상의 잔금으로 생존한다

너는 하루를 살아도 인연이 생기고
나는 천 년을 살아도 친구가 없다
너의 일탈이 예술이 되고
나의 실수가 범죄가 될 때
세상의 멸망을 바라는 사람이 는다

생각대로

생각대로 사랑할 수 있다면
아름답지만 위험한 장미보다
지조 있는 해바라기를 사랑했을 것이다
매력적이되 먼 별보다
따뜻하고 가까운 촛불을 아끼며
사랑 주는 것들을 사랑했을 것이다

생각대로 사랑할 수 있다면
일편단심 한 연인을 사랑했을 것이다
몸이 시들고 늙어도
마음은 청년처럼 창창하고
아무리 아름다운 타인이 와도
조금도 흔들리지 않았을 것이다

그러나 어떤 사람은
생각대로 사랑하지 못한다

자신을 사랑하는 가족보다
매력적인 타인에게 이끌리고
영원하길 바란 마음에
낙엽처럼 권태기가 찾아온다

하지만 어쩔 수 없다고
가슴이 내키는 대로 살지 마라
생각대로 사랑할 수 없어도
말은 통제할 수 있으니
사랑이 식어도 도릴 지켜라

사랑이란 건
마음이 없어도 사람을 존중하는
예의 준수자와 하는 것이다

무능한 아름다움

튤립 한 송이가
일억원이었던 시절처럼
나라는 꽃이
무능한 채로 비싼 날이 올까

과실수가 아니어도
주목받는 꽃들을
질투하는 잡초는
모든 눈을 가리고 싶어라

가치보다 큰 매력을
깎아내리고 싶어라

비관측된 인연

탑승자가 비어도 달리는 차가 있다
눈물 없이 바람은 흐느끼고
소리 없이 별빛은 쏟아지니
관측되지 않는 발자국을 남기는 네가 있다

녹는 것엔 사연이 있다
눈이 쌓여야 녹을 수 있듯
기억에 머물렀던 것만을 잊을 수 있다
화석처럼 적힌 일기장의 기록에
네 기억의 뼛가루가 발견되지 않아도
생각의 티끌만큼도 허전하지 않다

너는 초대받지 않은 손님
관객만큼의 공백도 없는 행인
허공의 윤곽처럼 투명하고

제자리에서 흔들려라

바위의 성대처럼 조용한 자여라
그대의 육신이 썩어도
어느 기억에서도 부패하지 않으니
홀로 살다 간 창조신이어라

음소거된 음악처럼
비관측된 인연이어라

비특별한 고난

가만히 있어도
노동이 되는 현수막
실상은 비바람을 겪는다

그래도 그건
부지런한 새들도 경험하니
특별한 고난이 아니다

사연이란 건
누구에게나 있으니
청승 떨지 마라

제자리에서 흔들려라

나무의 꿈

나무가 가공되는 걸
성장이라 부르진 않는다
박제충처럼 방부되어
청춘의 모습으로 죽는 나무는
가구가 되는 게 꿈은 아니었다

나무가 원하는 건
구름에 닿는 것
과실을 맺는 것
뿌리를 넓히는 것
희생이 미덕인 자들에겐
이기적인 꿈으로 보이더라도
모두가 공직자일 필욘 없다

가구를 꿈꾸는 나무의 이야긴
인간들의 노래일 뿐이다

당연한 세상

병은 늙어 죽지 않는다
환절기에 지나가는 감기도
무릎이 까진 생채기도
면역 체계의 승리 없이 낫지 않는다

네가 감기에 누워서 휴식할 때
백혈구가 사선에서 싸우는 게
당연한 건 아니다
병으로 사업하는 의사도 있듯
백혈병을 만드는 백혈구도 있다

저녁이 지나 아침이 되면
언제나 해가 뜨는 건
지구가 돌기 때문이다

저절로 오는 아침은 없으니
움직이는 천체에 감사해라

당연한 세상은
저절로 돌아가지 않는다

갑자기

갑자기란 말은 과학에 없다
어제 시추한 석유 한 통에는
공룡의 희로애락이 농축됐고
만만한 어제의 DNA는
심원한 태초의 파편이다

한여름에 폭설이 내려도
갑작스러운 일은 아니다
순간이동을 하는 구름은 없으니
일일이 거리만큼 움직였다가
한기를 만나 눈물을 흘렸을 뿐이다

갑자기란 말에 담긴
무수한 경험의 파편을 봐라
폭탄은 터지기 전엔

가장 얌전한 물건이었듯
발화점까지 쌓인 감정이 있다

100세 노인의 자연사는
하루짜리 갑자기가 아니다

물빛 얼굴

네 물빛 얼굴은
빛의 정류장
계절이 머무는 호수

세상을 담기에
세상을 닮아가는
투명한 눈동자

바보가 너에게

선로 없이 전진하는 네가 있어
방황하더라도 미아가 되지 않는
너는 지구를 짊어진 달팽이
세상을 자기 집처럼 이해하니
인생의 답을 쉽게 찾아내지

내가 찬 겨울에 붕어빵으로 장사할 때
너는 날치빵 천사빵 합격빵을 특허 내네
한 구절의 시를 위해 며칠을 노력해도
네 찰나의 낙서보다 의미가 없기에
한 편이라도 네 재능으로 글을 쓰고 싶었지

같은 학교에서 같은 공부를 해도
너는 날아다니고 나는 기어다녀
스마트폰과 삐삐처럼

극명한 품질의 차이에
같은 전기를 써도 역량이 다르지

내가 아무리 한심해도
그걸 경멸하지 말아줘
답답한 만큼 앞서간 너이기에

그 재능에 감사할 일이니
낭비처럼 분노하지 마

앞서간 게 외로워도
뒤처지는 고달픔 보단 나을 거야

예술과 실속

새롭기 위해 구두를 버렸다
맨발은 공산품과 달라지고자
발가락의 지문을 개성으로 삼았다
신선한 걸음걸이를 추구하는 나는
다양한 미식을 위한 고민이 많다

하지만 실속적인 너는
삶의 음료수를 음미하지 않는다
진부한 물도 갈증을 지운다고
시럽 없이 잔을 채워가며
매일 같은 맛인 맹물을 마신다

나는 숲에서 노래하고
너는 노래 없이 사막을 걷는다
사진가의 밤엔 별이 필요하지만

제자리에서 흔들려라

회사원에겐 가로등이면 되니
만족의 기준은 각자 다르다

아무리 창의적인 예술도
감성 없는 자에겐 감명이 없다

신의 얼굴이 새겨진 포도도
장님들이 먹으면 일상일 뿐이고
눈먼 도시에서 화가는 굶는다

나는 꽃에서 시를 짓고
너는 꿀을 추출한다

나의 진부함

오미자와 달리 오묘하지 않아도
사과는 사과대로 상큼하고
무지개와 달리 색이 적어도
햇살은 햇살대로 찬란하다
검정뿐인 내 감성의 잉크로
다양한 빛깔을 빚을 수 없으니
줄이 하나인 기타처럼
나의 진부함으로 시를 엮는다

한 얼굴에 여러 표정은 원해도
새 얼굴은 기대하지 마라
기타가 피아노의 음정을 닮아도
음색까지 같아질 수 없듯
사과가 성숙하면 더 상큼해질 뿐
오미자처럼 여러 맛이 나진 않는다

　　　　　　　　　　　제자리에서 흔들려라

내 글이 익어간들
감성의 씨앗은 바뀌진 않기에
다른 색을 원하면
다른 자의 글을 찾아라
사과나무에
오미자가 열리진 않는다

비동화

악수를 하면 체온은 물들지만
지문까지 닮지는 않아요
상대의 말에 표정은 동조해도
얼굴을 성형할 의무는 없으니
당신이 나를 물들이는 건 표정이 한계예요

그대는 겪은 수난을 과장하고
부채질 한 번에 태풍을 논하며
자기만큼의 고난을 강요하죠
바람에 무심한 바위와 달리
시련을 홍보하는 깃발 같아요

그대라는 흡혈귀에 물려도
나는 사람으로 남을 겁니다
감은 사과 숲에 있어도

감 열매를 맺으니
각자의 성장 방식이 있지요

성장은 어른을 닮는 게 아닌
발전을 성취하는 거예요

광인의 발화점

　광인은 모두 정신병자일까요 미친 예술가들은 수수께끼를 의도하고 미친 정신병자는 소통을 원해요 오해를 즐기는 사람들은 정말로 미친 걸까요 이해를 원하는 환자들이 정말로 미칠 노릇이죠 미친 것과 미쳐 보이는 것들은 얼마나 다를까요

　웅덩이에게 바다는 ADHD예요 바람에게 바위는 전신마비예요 불에게 얼음은 사이코패스예요 철에게 물은 골다공증이에요 사상이 다른 건 병일까요 의견이 갈리면 서로에게 정신병자가 되지요 사람들은 수많은 착각을 달고 살아요 불만과 불통의 서사시죠

우연히 광기를 갖고 태어났어요 당신은 누구나 광기가 있다고 말하죠 일반인도 억제할 뿐이라고 들었어요 사람마다 충동량과 자제력이 다른 건 어떨까요 100도에 끓는 물이 있고 상온에 끓는 아세트알데히드가 있어요 개인에 따라 각자의 비등점을 가졌죠 나의 발화점은 양해될까요 감금될까요

망상의 큐브

망상의 큐브를 돌려요 어떤 가능성이든 실현될 확률을 고찰하죠 신이 돕는다면 모든 상상은 구현 가능해요 나무에서 거북이가 열리고 태양에서 꽃이 피지요 생물의 유전자를 조작하고 별의 온도를 낮춘 거예요 우리의 꿈은 또 다른 현실이에요

누군가가 조현병 환자를 스토킹해요 사고를 대비해서 국정원이 감시하고 연구를 위해 학자들이 관찰하죠 스토커들이 정신병원 보내기 게임 중일지도 몰라요 대중들은 그런 사람이 없다고 말하지만 제 유형이 악랄하면 그럴 수 있어요 정신병자가 단 한 명만 존재하는 건 아니잖아요

내일이면 아파트만 한 날치가 도시를 누빌 거예요 벌어
질 확률은 낮지만 불가능한 일은 아니예요 미래인들이 '망
상 실현 대회'를 열어 여기로 올지도 모르죠 날치 모양의
타임머신이 있을 수도 있고요 불가능이란 건 예상보다 많
지 않아요

큐브 조각을 뽑는다면 배치는 자유로워요 정신병자들
은 경험을 해체하고 생각을 재조립하죠 도시에서 다리 달
린 상어를 두려워하고 하늘에서 날개 달린 두더지를 무서
워해요 불가능한 상상이 소설이 된다면 그건 병일까요 기
질일까요 망상이 때때로 그림 같은 큐브를 만들어요

정신병원에 가며

정신병원에 주차된 차들을 본다
승용차는 현대인의 신경증
스포츠카는 카푸어의 과시증
트럭은 노동자의 우울증
주인이 의사냐 환자냐도 모르면서
비전문가가 진단용어를 구사한다

청색 유리문을 열고 들어가면
방부제 같은 접수처가 나온다
접수원들은 기계인 양 업무를 하고
환자 역시 가로수처럼 무심하니
둘은 사랑 없는 평화를 이룩했고
나는 예약증을 건네고 의사를 만났다

담당의는 장식용 꽃을 착즙하듯
약에 젖은 일상에 대해 묻는다

나는 부작용과 정작용의 무게를 재며
먹지 않는 것보다 먹는 것이 낫다고
숙취가 있어도 술을 먹는 사람처럼 답한다

의사는 약을 그대로 쓰기로 하고
치료 경과가 좋아서 다행이라 한다
나는 표창장처럼 약을 탄 뒤에
유유히 건물 바깥으로 나간다
약을 먹고 건강한 병자들은
안경을 쓴 사람처럼 문제가 아니니
죄인인 양 미움받지 않길 바란다

우리 안의 백수

새장과 달리 천장이 없어
하늘길이 열려 있지만
사자여 네겐 날개가 없구나

힘없이 바닥에 늘어진 몸은
숨결 없이 포효하는 석상과
살점 없이 날카로운 화석보다도
생기가 없구나

우리 안의 사자여
젊어서 초원을 호령한 적 있느냐
사냥감을 잡아본 적 있느냐
영역으로 다툰 적 있느냐

씹을 것 없는 이빨의 단단함과
찢을 것 없는 발톱의 예리함은

무위의 자질
우리 안이라 달릴 곳 없는 다리는
강인할수록 처연하구나

전시된 생애
사는 게 직무인
백수의 왕이여

리틀 타이크

세상에는
채식하는 사자가 있고
악어새를 먹는 악어가 있다

적국인 나라에
외국인을 구하는 자가 있고
자국민을 유린하는 인간이 있다

누군가가 소속한 곳이
그 사람의 전부는 아니다
총을 든 군인 중에도
평화주의자는 있다

우리 속 짐승도
자유를 꿈꾼다

제자리에서 흔들려라

동물원에서

시각장애자와 동물원에 간다
울음과 냄새로 풍경을 보는 그에겐
짖지 않는 짐승의 기척이 컴컴하다
오케스트라를 듣는 농인처럼
선율의 모습이 난해한 그다

그가 그린 상상 속에서는
점 몇 개를 이은 사자자리와
섬세한 사자의 모습이 같다
후각이 발달한 맹수 얘길 들으면
그는 코끼리 코를 떠올릴지도 모른다

나는 곤충관에서 반딧불이를 설명한다
사람도 기분에 따라 빛이 나는지
그가 기대하며 물었고
나는 광도보다 모양이 바뀐다며

제자리에서 흔들려라

허수아비가 된 기분으로 답한다

그는 웃는 소리에 귀기울이고
사람들이 꽃 모양으로 피는 상상을 한다
여인들에게서 나는 샴푸 냄새를
알록달록한 꽃빛으로 예상하며
현실보다 아름다운 풍경을 그린다

사실 그에겐 동물원보다
왁자지껄한 카페가 더 신비롭다
언어를 구사할 수 없는 침팬지나
비슷한 단어를 반복하는 앵무새보다
아이들의 수다가 더 다양하다

우리는 동물원 관람을 끝내고
일벌처럼 집으로 돌아간다
똑똑한 침팬지의 구강이
앵무새와 같다면 어땠을까
생각 한 알 품는다

장미

장미의 얼굴엔 가시가 없다
짐승의 손길은 거부해도
벌과 나비는 찾아와야 하니
아름다움을 버릴 수 없다

도도한 장미는
혼자 지내고 싶은 게 아니라
아무나 친구로 사귀지 않는 것이다

제자리에서 흔들려라

벌

진지한 벌들은
침으로 장난치지 않고
목숨을 걸고 공격한다

남에게 상처를 줄 때
가벼운 마음인 적이 없다

야산에서

밤하늘의 별은 길을 주시 중이다
산에서 자전거를 타는 남자는
바다 같은 어둠을 홀로 상대한다
휴대폰은 터지지 않는 야산
위기는 해구만큼 깊은 고민이다

멧돼지가 지나간 밭이 보인다
옆 동네가 싱크홀을 겪었단 소식처럼
남자는 평화의 일관성을 의심한다
불안은 계단이 아닌 낭떠러지고
착지할 수 없는 것은 추락사한다

먼 거리에서 짐승의 소리가 난다
목줄과 입마개 없는 들개들
끊어진 전선에 감전되는 징조다
사육 중인 잉꼬 같았던 개들이

지금은 장수말벌처럼 느껴진다

공포는 교감신경을 항진시키고
남자는 각성한 몸으로 길을 돌파한다

가로막는 바람을 분쇄하고
흐느끼는 달빛을 폭발시키며
암흑의 시간을 가로지른다

이윽고 별빛이 부서지는 새벽
어둠의 체중을 걷어내고
풍경의 윤곽이 드러난다
지도만큼 시계도 중요한 걸
남자는 새삼 깨닫는다

어느 밤에

어둠의 발목이 부러지는 밤이다
스마트폰 영상은 낮을 띄우며
밤길을 초월한 감상물이 된다
야행성인 가로등의 시선에
나방은 반딧불이처럼 빛나고
우중충한 바람이 손을 긁는다

달이 이불을 덮자 비가 내렸다
어둠의 건반을 두드리는 비는
이어폰의 성대가 부러운 가수인 양
일관된 중력의 음색이 밋밋하다
빛깔 없는 투신은 결국
망각이 참수한 경험이 된다

고양이의 울음이 연기처럼 상승하니
박쥐들은 하늘에서 들짐승을 경계한다
별의 더듬이로 밝히지 못한 건
동물들에겐 미지의 위험이지만
부유한 사람은 폰전등을 켠다

어딘가에선 낮보다 환한 밤이
여름의 냉동고처럼 펼쳐지고
잘 시간에 술집은 웅성거린다
빛의 방주를 만든 인간들은
어둠에 익사하지 않는다

어둠 속에서

어두운 밤
빛만을 쫓다가
길을 벗어나지 마라

저 하늘의 달은
발판 없이 떠 있으니
쫓아가다 추락한다

여행자의 죄는
발이 아닌 머리다
그대가 들짐승이라면
새의 발자국을 따르지 마라

막상 상황이 되면
적응할 거라 여겨도
들짐승이 추락할 때
날개가 생기진 않는다

별빛

수면에 비친 별빛은
강물에 떠내려가지 않는
제자리 반딧불이

박제되어도
어둠보다 빛나는
희망의 조각

전진의 발음

뒤에 머물러라
걸음걸이를 신경 쓰다 걷지 못한 순간
차표 없이 열차를 쫓던 기간
입으로 미래를 논한 시간
나 더는 정도(正道)만을 걷지 않겠다

경적 소린 뛰뛰빵빵
귀뚜라미는 귀뚤귀뚤
참새들은 짹짹짹짹 울지 않는다
발음 없는 소리로 가득한 세상
혓바닥 위에 삶을 짓지 않겠노라

미래는 어둠이 비추는 길
전망의 눈은 언덕에서 막히고
장님의 전진은 산을 넘어가기에
빛과 상관없이 걸어가리라

길을 젓는 발이
낮에 뜬 별처럼 침묵을 걸어도
뜨겁게 빛나고 있으니

간다
내일의 길이여
오늘부터 너를 향해 걸어가겠다

꺾이지 않는 우리

바람의 몸짓만큼 흔들리고
비에 젖은 만큼만 흐느끼는 꽃처럼
과장의 말보다 진솔한 대응으로

바람 한 점 가볍지 않은 삶
어릴 땐 미풍에 휘둘려도
교훈으로 태풍을 준비하리라

천 번 흔들려도 제자리를 찾는 꽃처럼
만 방울 비를 맞아도 묵묵한 바위처럼
수많은 시련에도 꺾이지 않는 우리가 되리라

제자리에서 흔들려라

풍경화

염소의 먹이가 된 책과
청력 없는 세상의 가수처럼
아무리 아름다운 꽃도
눈을 감고 밟으면 흙과 같다

유능한 석유도
수만 년간 무직자였으니
존재의 능력은
환경이 사용할 뿐이다

너를 알아주지 않는다고
이 세상이 오답은 아니다
삶은 풍경화의 일부이기에
그대가 주인공인 초상화가 아니다

눈꽃을 보며

겨울에 핀 눈꽃을 보며
계절을 무죄로 판결 마라

특별한 건 눈꽃이지
봄꽃이 나약한 게 아니다

제자리에서 흔들려라

눈꽃

사랑하는 태양
얼른 보고 싶어
먼저 눈밭에 핀 꽃

세상이 차가운 건
눈사람을 위해서라는
겨울의 사정을 이해할까

계절이 차가운 만큼
겨울에겐 뜨거운 눈꽃

해방의 노래

파리가 새장을 드나든다
삶을 지배하는 미물들은
틈새보다 큰 거조가 안쓰럽다
날개가 거대한 만큼
고인 새장은 좁은 곳이다

누군가는 이렇게 말한다
나는 걸 포기한 돌이 되거나
새장을 뚫는 강철 새가 되라고
하지만 현실의 틀은 견고하여
우리는 말처럼 쉽게 변할 수 없다

우리가 할 수 있는 건
꺼내달라고 노래하는 것뿐이다
붕어 어항에서 상어를 해방시키듯

제자리에서 흔들려라

우리의 노래는 생떼가 아니라며
깃발처럼 외치는 것뿐이다

민들레 화분에 해바라기는
비관론만 쏟아도 현실론자다

네게 넉넉한 세상이라도
누군가에겐 감옥처럼 답답하기에
우리는 해방을 꿈꾸며 노래한다

막힌 길에서

세상에서 가장 빠른 차도
도로에선 준법 속도를 지켜야 해요
가속 페달에 낀 먼지만큼
자동차는 전속력이 낯설고
능력이 평균을 닮아가네요

삶에는 그런 일이 있어요
집단의 속도를 맞추고자
남는 힘을 자제하는 것
작은 어항이 집이라
크게 자라지 못하는 것

유능한 수재들은 억울하지만
그런 상황은 출근길처럼 흔해요
환경을 잘못 만난 천재와

제자리에서 흔들려라

자질 없는 둔재의 비극은
길 위에 바퀴만큼 무수하지요

신호에 막히든
주유소에 걸리든
큰 차이 없는 불운이랍니다

겨울 할아버지

겨울은 할아버지예요
백발이 무성한 설원
충치처럼 검은 바위
쉽사리 녹는 눈
노쇠한 풍경이 거깄네요

설산과 눈사람인 양
추억은 오늘을 낳은 시간
구름 조각이 눈이 됐으니
늙은 하늘과 젊은 땅이 닮아가요

냉동고의 어떤 눈사람은
자연산 할아버지보다 장수해요
우리는 그대로인 것보다
꾸밀 때가 수명이 긴지
이가 녹도록 양치질을 하지요

제자리에서 흔들러라

눈 위에 눈이 내리면
손자가 올라탄 할아버지예요
삶에 시련이 아무리 쌓여도
사랑하는 걸 포기할 순 없어요

겨울 호수

얼다 만 호수에 눈이 내린다
눈은 빙면에 쌓이고
수면에는 녹는다
사람에겐 차가운 겨울 호수가
호수보다 차가운 눈에겐 뜨거울 수 있다

가벼운 눈이 물에 빠지면
무게만큼 파문이 일어난다
처음엔 흔들리다가도
서로에게 물들어가면
차이를 잊고 한 호수가 된다

저수지에서 가출한 철새는
다른 계절을 살고 있다
한반도가 겨울을 지샐 때

제자리에서 흔들려라

철새가 있는 외국은 여름

조증과 울증을 동시에 앓는 지구에는

겨울이 와도 어딘가엔 여름 호수가 남아있다

겨울이 오는 이유가 있다면

다른 대지에 봄을 선물하고자일 것이다

비일관성

어른들은 일관성 없는 변화가 두려워요
꿀만 빨 줄 아는 나비는
꽃이 시들면 굶어야 해요
애벌레 시절에 잎을 갉아먹거나
번데기일 때 식음전폐를 한 적이 있지만
늙은 몸으로 청춘을 재현할 수 없어요

위아래가 일관되길 바라는
통치자는 권력의 고정을 시도해요
틀이 깨지면 세상이 망한다는 속설은
기성세대가 퍼트린 미신이죠
지구가 돌면 계절이 바뀔 뿐
아파트가 하늘로 떨어지거나
별들이 땅에 추락하진 않아요

제자리에서 흔들려라

설령

계절이 고정돼도 생물은 늙어요

봄에 시드는 꽃이 있고

가을에 썩는 과실도 있으니

절기를 붙잡아도 삶은 영원하지 않아요

아이들은 자라고

어른들은 늙기에

나이테의 의미는 비일관적이죠

모방

여름에 눈이 와도
그것은 겨울이 아니고
밤이 환하더라도
그것이 낮은 아니다

하늘에 있어도
인간은 새가 아니고
같은 표정을 지어도
그대는 내가 아니다

신발 사이즈가 같다고
똑같은 발이 아니듯
아무리 닮아도
그대는 다른 사람이다

나의 인연을
제발 탐내지 마라
나를 닮는다고 그녀가
너에게 가진 않는다

얼룩말

초원의 얼룩말은
검은 무늬를 가졌기에
자기가 호랑이의 친척이라 믿어요
약한 척을 하는 가면을 벗고
자신이 최선을 다하면
호랑이 같은 야성이 있다고 여기죠

강물 앞 얼룩말은
물에 비친 얼룩말을 마시며
육식 동물 행세를 해요
풀에 사는 세균을 먹는 것도
육식이라며
맹수처럼 벌레를 먹네요

제자리에서 흔들려라

그러나 얼룩말은
사냥하는 법은 모르고
풀을 뜯을 뿐이에요
발톱 없는 얼룩말은
지위가 호랑이여도
맹수는 될 수 없어요

진화학

조용한 나무가 악기가 돼요 지하의 굼벵이는 하늘의 풍
뎅이로 우화해요 올챙이 모양의 정자가 영장류로 변해요
진화의 순간은 이미 목격되었어요 태아의 성장에는 진화
가 함축됐죠

세상 어느 곳에는 꼬리가 달린 사람이 있어요 얼굴만
늙지 않는 노인도 있어요 고통을 느끼지 않는 인간도 있
어요 원숭이가 인간이 되는 것만 진화인 건 아니에요 부
모와 다른 자녀도 진화의 증거예요

과학을 못하는 신이 말썽이에요 성직자들은 진화론이
틀렸대요 아무리 증거를 내밀어도 부정할 뿐이에요 슬슬
교리의 진화가 필요할 때예요 이미 천동설을 폐기한 선례
가 있잖아요 다음부턴 '과학은 신이 내린 수수께끼다'라고
말하세요 그게 가장 진화한 말씀이에요

제자리에서 흔들려라

높이

산에서 자란 나무는
들 나무보다 높지만
키가 큰 건 아니에요

언덕을 깔창 삼은 자가
장소를 이동하려면
높이를 버려야 하죠

날아가는 새들은
높이 나는 것보다
사냥이 더 중요해요

비행자에겐
지위보다도
생활이 더 가치가 있죠

새들은 높은 하늘이 아닌
풍족한 땅이 목표잖아요

유행

파도를 컵 안에 담으면
우물처럼 얌전해지고
우물의 물이 바다로 가면
부지런한 파도가 돼요

바람에 흔들리는 건
꽃의 근력이 아니니
유행을 모방하는 건
그대의 안목이 아니에요

떠내려가는 낙엽을
수영한다고 하진 않는 법이죠

불만족

다리 없는 나무도 걷고 싶어요 뿌리를 가진 종족이라고 걷는 꿈이 없는 건 아니에요 태풍이 불면 벽 뒤에 숨고 홍수가 생기면 산으로 도피하고 싶었죠 나무로 태어났다고 식물처럼 사는 게 좋은 건 아니에요 종족을 선택할 수 없었어요

쉬고 싶은 바람이 있어요 심장이 멈춰도 죽지 않는 게 소원이에요 하늘을 날고픈 두더지가 있고 발을 원하는 뱀이 있어요 눈사람이 되고 싶은 별과 불이 되고 싶은 설원도 존재하죠 사람으로 태어났지만 신이 되려는 자도 있어요 과학의 도움 없이 초능력을 쓰고 싶은가봐요

제자리에서 흔들려라

되고 싶어도 될 수 없는 게 많아요 어른들은 말하죠 분수와 현실에 맞는 꿈을 꾸라고 지구 바깥에 나간 새는 숨을 쉴 수 없어요 날치는 구름에 닿을 수 없지요 세상은 소망을 위해 존재하지 않아요 우연으로 조합됐을 뿐이에요 만족할 수 없어도 현실을 견뎌야 해요

배신

거북이가 땅에 가는 건
바다를 향한 배신이 아니다

주변 눈치가 보여
바다에 알을 낳는 것이
삶을 향한 배신이다

제자리에서 흔들려라

시든 꽃

햇살을 입고도
잠들어야 하는
시든 꽃

발전 없는 비교

날개 없는 지렁이는 애벌레가 부러워요 나비가 되면 스스로 날 수 있잖아요 지렁이가 하늘로 가려면 새가 납치해야 해요 자기가 원하는 고도를 선택할 수 없지요 지렁이는 모든 날개를 질투해요 노력하면 날 수 있는 수재가 부러웠죠

애벌레는 번데기 시절이 없는 새가 부러워요 어두웠던 알의 경험을 벌레들은 재경험하지요 알과 번데기, 두 번의 암흑기를 거쳐요 기다림에 보상이 있는 것보다 기다리지 않고 갖춘 게 좋아요 정체된 수재들은 앞서가는 천재가 부러웠죠

제자리에서 흔들려라

공부가 되지 않는 비교가 있어요 지렁이가 나비를 모방
하는 건 시간 낭비예요 발전 없는 노력이 되겠죠 새를 질
투하는 애벌레도 헛수고예요 이익 없는 대조가 되겠죠 하
지만 계속 비교되는 걸 어떡해요 평생을 거울만 보고 살
순 없잖아요

강물

흐르는 강물이
반드시 바다와 이어지는 건 아니다

흐르다 보면
둑과 바위가 앞길을 막고
새와 범람에 옆길로 새며
때때로 바가지를 맴돌고
돌에 고여 썩기도 한다

그러나 흘러라
흘러라 바다에 이르지 못해도
웅덩이의 물은 종이배를 띄우고
바가지의 물은 흙을 씻겨낸다

흘러가서 바다가 되진 못해도
바다를 닮을 순 있다

제자리에서 흔들려라

빙산을 띄울 순 없어도
유빙은 품을 수 있으니

흘러라 소금을 갖지 못해도
파도는 멈추지 마라

돌이킬까

미래를 대비하느라
추억을 쌓지 못한 이에게
어제는 돌이키고 싶은 날일까

최선의 자식인 현재를
돌이키고 싶을까

제자리에서 흔들려라

버스 안에서

정거장마다 버스의 무게는 바뀌었다
나는 버스 안에 체류한 채로
남의 정류장에서 멈춰서는 버스를 용서했다
시간이 아무리 낭비되어도
자차 없는 삶은 인내가 필요하다

전진하며 산다는 건 그런 것이다
나만의 오아시스를 발견하기 위해
뜨거운 사막을 횡단하는 것
매력적인 신기루를 걸러내는 것
갈증을 참아내는 것

나만을 위한 세계가 아닌 걸
버스를 타면서 새삼 느낀다
우리 삶에 놓인 인연은

제자리에서 흔들려라

각각의 정류장이 되고
좋든 싫든 나는 그곳을 경유한다

제자리에 놓인 가로수도
자신이 정하지 않은 계절을 겪는다

꽃 피우는 봄에 닿고자
차가운 겨울을 견디지만
원하는 계절은 버스처럼 잠깐이다

시련의 윤회

하루 공부한다고 시험에 합격할 수 없듯
씨앗 하나 심는다고 숲이 되진 않는다
첫눈이 녹는다고 겨울이 가는 건 아니듯
일주일을 고생한다고 계절이 바뀌는 건 아니다

씨앗이 울창한 숲이 되려면
변화무쌍한 나날을 계속 버텨야 한다
춥고 긴 겨울이 한 번 지나가도
내년에 또 눈이 내리듯
힘든 노력이 끝나도 다음 시련이 있다

풍요로운 숲이 된 뒤에도
봄은 영원하지 않다
낮과 밤의 순환 속에서
언제나 어둠을 대비해야 하니
삶은 시련과의 동행을 반복한다

제자리에서 흔들려라

고생 뒤에도 고생은 있기에
시련의 연쇄를 수긍해라
해가 뜨지 않는 아침처럼
어둠이 잦은 삶도 있다

질문

아이들이 별처럼 많은 질문을 던지면
꿈이 시든 어른들은 말하지
별빛을 마시는 꽃은 없으니
태양 하나만 알면 된다고

제자리에서 흔들려라

잘못이 아니더라도

비가 내리면 강이 커진다
그것이 우리의 잘못이 아니더라도
홍수를 대비해야 하는 건 우리다
지구를 굴리는 게 인류가 아니어도
변하는 계절을 견디는 건 인간이다

그대가 자기의 DNA를 설정하지 않고
가난한 집을 선택하지 않았더라도
삶의 짐을 떠맡은 건 그대다
충치는 세균의 죄라고
양치질을 안 할 순 없다

남의 잘못이든 나의 잘못이든
길의 문제는 행인의 것이다
죄 없는 피해자처럼

제자리에서 흔들려라

억울하고 부당하더라도

그것이 현실이다

모래알

날아가는 모래알은
세류를 따르면서도
닿은 바람을 가르고 있다

가벼운 것들이
나약한 건 아니다

　　　　　　　　　제자리에서 흔들려라

세상의 눈동자

시력이 있으면 치장을 해요 우리에게 눈이 없으면 그림이 있었을까요 아무도 머리를 빗지 않고 화장을 칠하지 않았겠지요 별자리도 없고 염색약도 없었을 거예요 꾸미는 시간을 아꼈겠군요

하늘에 눈동자가 있으면 어떨까요 서로의 시선을 더 신경 썼을까요 땅이 더 아름답고 구름이 더 감성적일까요 메마른 꽃잎에 눈물이 쏟아졌을지도 몰라요 구름이 과실수를 키웠을지도 모르죠

소금쟁이를 위한 산호초는 없어요 두더지를 위한 하늘도 없지요 만나지 못할 것들은 남일 뿐이에요 닿지 않은 바람이 안개를 몰 수 없는 법이죠 어디서든 보이는 별은 없어요 지구는 다방면이라 그늘이 있죠

마음의 비

부자가 아니어도
목돈의 가치를 알고
모태솔로들도
사랑 시의 아름다움을 안다

마음으로 내리는 비에
누군가의 삶은 젖고
그것은 거짓이 아니다

지구의 아이라고
태양의 빛깔을 모르진 않는다

제자리에서 흔들려라

부작용

배수구에 물만 떨어지진 않는다
접힌 과자 봉지와 담배
짐승의 배설물과 사람의 침 등
비 외에도 무수한 물질이 쏟아진다

네가 하는 행동들이
모두 의도대로 되는 건 아니다
살충제에 사람이 병들고
공구가 무기가 되듯
의도하지 않은 일이 무수하다

뜻대로 되지 않는 삶을
특별히 억울해하지 마라
동전이 배수구에 빠지고

제자리에서 흔들려라

종이에 손이 베이는
왜곡된 부작용은 흔한 일이다

향수가 땀내와 섞이는 것처럼
세상은 원래 뜻대로 되기 어렵다

세상의 의무

네가 돈을 못 버는 건
노동이 불가능해서가 아니다
원하는 일로 돈을 버는 게
불가능한 목표인 것이다

네가 살을 못 빼는 건
다이어트가 불가능해서가 아니다
배부른 상태로 살을 빼려는 게
불가능한 목표인 것이다

노래만으로 부자가 되는 가수나
과식해도 날씬한 먹방러도 있지만
세상은 원래 불평등하다
타고나지 못하면 더 노력해야 하고
그럼에도 목표를 성취할 수 없을지도 모른다

사람들은 인류의 행복을 추구하지만
이 세상은 딱히 행복하고자 존재하는 게 아니다
어떤 시험은 1등의 생존을 위해 치러지고
짐승은 사람의 식사가 되기 위해 사육되니
불운과 행운이 공존하는 세상이다

너의 행복은 결코
세상의 의무가 아니다

만만한 공포

뱀인 줄 알았던 생물이
지렁이인 걸 깨달았을 때
개구리는 화가 난다

배수구와 싱크홀
등에와 말벌
소나기와 홍수의 차이처럼
만만한 공포엔 분노한다

제자리에서 흔들려라

말의 바다

해변이 바다를 겪을 때
수압을 견디는 고래와
어둠을 밝히는 아귀의 전설은
바람 한 줄기만큼도 중요하지 않다

모래를 적시는 건
표현된 파도일 뿐이니
사람에게 중요한 건
심해의 진심이 아니라
귀를 적시는 말이다

진면목을 가렸다면
알아주길 바라지 마라
입을 닫은 조개의
속살은 볼 수 없다

담담한 가장

우산의 땀은 정직하다
맞지 않은 비를 쏟지 않는다
비구름의 크기만큼
업무를 생색내지도 않는다

우산도 비에 젖는다
젖은 뼈에 녹이 슨다
담담히 풍우를 받아도
노동에 부패하는 몸이다

침을 뱉는 하늘과
쪼아대는 바람에
심신은 흔들려도
지켜야 할 슬하가 있어
지붕의 몸 접지 못할 뿐

제자리에서 흔들려라

언젠가 구름 비 멈추고
햇살 비 내리는 날
몸을 말리는 우산 앞에서
함부로 거드름 마라

천수를 받은 몸
결코 가볍지 않다

풍경의 관점

땅끝에서는 대륙도 섬이 된다
등대는 대지의 넓이를 모르고
광활한 수평선을 바라볼 뿐이다
새벽을 내뿜는 태양은 바다보다 작고
황혼을 알리는 별들은 모래알과 비슷하다

어둠 속에선 나무도 전봇대다
빛이 밝히지 않은 풍경은
낯설고 평등한 모양새다
컴컴한 밤, 박쥐와 새는 같고
자동차와 텐트는 닮았다

사람 하나에 무수한 마음이 있듯
같은 경치도 다양한 감상이 나온다
하얀 눈은 낭만과 쓰레기로 나뉘고

제자리에서 흔들려라

어둠뿐인 풍경에 별색은 다양하니
추운 겨울도 뜨거운 불꽃을 지녔다

육신만큼 사는 우리에겐
홍수는 바다보다 크고
화재는 태양보다 뜨겁다

하지만 마을이 들어간 눈이
결코 건물보다 큰 게 아니다

광역 증오

해를 보면 해바라기에도 화가 난다
그것이 연좌제라 하더라도
일사병인 행인은 낮꽃을 증오한다
햇살을 칭송하는 그들이 있어서
태양이 흥분한다고 여겨서다

교통사고의 가해자는 평등을 원한다
모든 신호위반에 사고가 있고
모든 부실공사에 붕괴가 있길 바란다
일탈이 무사고로 지나갈 때마다
불운으로 사고가 난 게 억울해서다

웅덩이에 익사한 달팽이는
모든 바다의 멸망을 꿈꾸고
밀렵당한 코뿔소는 식인을 지지한다

제자리에서 흔들려라

그들은 분노의 자유를 주장하며
행성 하나를 이유로 온 우주를 증오한다

생물의 마음이란 건
섬세한 총알보다 폭탄에 가깝다
사자에게 물리고 강아지를 증오하고

모기에 물리고 개미를 심판하는
비합리적인 판사봉이다

광역 증오가 옳지 않아도
누군가의 마음은 그러했다

사소한 일

화재의 원인은 담뱃불이다
바다보다 광활한 태양이나
항성의 후예인 별똥별 때문이 아니다
일상의 속도로 스치는 바람에
불꽃 한 개비가 산을 태운 것이다

사람이 폭발하는 건
지구 반대편의 전쟁보다
옷에 묻은 얼룩 때문일 때가 많다
남의 집에 미사일을 폭격하는 것보다
자기 마당에 오줌을 누는 게 더 화난다

어쩌면 사소한 일상의 분노가
치사량의 독성을 지녔을지도 모른다
오줌 냄새를 맡고 혈압이 오른 노인이

제자리에서 흔들려라

급성 뇌출혈로 쓰러지고 나서
불운하게 돌연사할 수 있다

인간을 비극으로 이끄는 건
거부할 수 없는 재해가 아니라
사소하다고 무시하는 문제들이다

운석보다 돌부리의 전과가 많으며
우연은 때때로 운명보다 강하다

나비의 날갯짓에 세상이 멸망한다면
오늘 읽은 책은 평생을 좌우할 것이다

조언자에게

지나갈 일이라 말하지 마라
물에 빠진 인간은 그동안 허우적대고
마를 물도 젖은 동안은 축축하기에
언젠가 지나갈 일이라 해서
이미 지나간 일처럼 초연할 순 없다

지나간 일이라 말하지 마라
걸음을 멈춰도 발자국은 남고
바람이 그쳐도 낙과는 바닥이니
이미 지나간 일도
경험의 흔적은 남을 수 있다

자기 마음이 강하다고
모두가 당신 같길 요구하지 마라
세상에서 가장 잘 나는 독수리도

제자리에서 흔들려라

타조가 나는 법은 모르니
극복할 수 없는 태생의 차이도 있다

우울한 사람에게 울지 말란 건
사자에게 아가미 호흡을 하란 얘기다

시련

시련은 견딜 만큼만 오는 게 아니다
100년의 가뭄을 견딜 나무는 없고
빌딩이 무너지면 거주민은 뭉개진다
화재는 집이 타지 않을 온도가 아니고
싱크홀은 추락사 없는 깊이가 아니다

구름이 우는 날
아파트의 고층이 수해를 피해 가도
개미굴은 홍수에 난리가 난다
누군가에겐 지나가는 날씨가
어떤 이에겐 절망적인 재난이다

감당 못 할 시련에
그 상황에서 도망치고
남에게 의존하는 자를 비난 마라

제자리에서 흔들려라

화산이 폭발할 때 소화기로 맞서고
상한 허리로 지팡이를 거부하는 게 미련한 짓이다

이 세상의 모든 역기를
맨몸으로 들 수 있는 자는 없다

운의 균형

누군가는 신호 위반을 해도 사고가 없지만
누군가는 신호를 지켜도 싱크홀에 빠진다
5분 만에 만든 모래성이 유지될 때
천 년을 공들인 성이 무너지고
평생을 가난에 허덕인 노동자가 있으면
심심해서 산 복권이 당첨된 한량이 있다

지구에 아무리 신이 없어도
행운과 불운의 균형이 가혹하다
운석에 맞아 쓰러진 자가 있으면
그걸 줍고 부자가 된 자가 있듯
죄 없는 벌과 공 없는 상으로
운은 무심하게 삶을 조롱한다

이 세상을 산다는 건 그저
백 면인 주사위를 굴리는 것이다

제자리에서 흔들려라

불행의 무게

백 사람이 1t을 나눠 드는 것보다
한 사람이 100kg을 드는 게 가혹하니
개인의 큰 불편을 외면하지 마라

다수가 최대로 행복한 세상보다
가장 불행한 자도 견딜 만한 세상이 낫다

의자

　빈 의자에 관한 생각을 한다 허공의 순수한 무게를 재기엔 불순물이 많다 먼지와 햇살에도 중량이 있으니 의자는 가만히 있어도 근로 중이다 사람도 쉴 때 호흡 노동을 하니 완벽한 휴식은 없다 백수인 바위도 비에 부식되고 꺼진 배터리도 조금씩 소모된다 누가 앉지 않는 의자도 세월에 마모되며 바람이 불면 손자국이 남는다

　기다리는 의자는 조바심을 내지 않는다 약속 시간에 늦었다고 떠나지 않는다 부동의 자세로 그곳에 있을 뿐이다 의자는 협박에도 당황하지 않는다 전기톱이 다가온다고 떨지 않고 불이 붙는다고 도망치지 않는다 그저 앉을 사람을 기다릴 뿐이다 그것이 좋은 것이든 나쁜 것이든 상관없다

　제자리에서 흔들려라

의자가 낙수처럼 폭발한다 태양이 부서지면 별이 되고 산산조각 난 거울이 칼이 된다 훼손된 의자는 흉기일지도 모른다 의자일 때의 추억을 떠올리며 앉은 사람이 넘어진다 의자의 모든 부품에 의자의 정체성이 있다고 생각하면 곤란하다 날 없는 칼은 요리 도구가 아니듯 부서진 의자는 가구가 아니다 시체에 인간성이 없듯 파편에는 의자성이 없다

식사

식사 한 번에
무수한 시체를 보고도
죽음이 낯설구나

제자리에서 흔들려라

단풍을 보며

아무리 단풍이 아름다워도
이별의 빛깔이다

백혈병에 걸린 나무가
모발을 쏟고 있다

늙은 아이

　미성년자들이 늙어 죽는 밤, 아기의 주름살에 눈물이 지나갑니다 푸른 단풍이 우수수 떨어질 때마다 나비 애벌레의 날개가 부패합니다 진한 세월에 DNA가 희석된 알이 낡았고 갓 태어난 열매에서 노과의 냄새가 퍼집니다 시력을 잃은 초신성이 블랙홀이 됩니다

　신선하지 않은 예술이 있습니다 무능한 학생과 불량한 죄인처럼 모욕을 당합니다 검은 밤하늘은 영혼이 없고 푸른 바다는 피부가 불성실합니다 개성이 없는 것은 썩은 겁니까 쓰레기통에서 새것의 냄새가 의무고 젊은 폐기물만이 존중받습니다

우리는 예술가입니다 날개 달린 두더지가 동경의 대상
입니다 아가미가 달린 사막 여우가 영웅입니다 다리 달린
상어는 악어급으로 자유롭습니다 그들이 추락사하고 익
사하고 폐사하는 건 중요하지 않습니다 흑백으로 무지개
를 빚는 게 우선입니다

건강한 채소로 아이들은 천재가 될 수 없습니다 아무리
새를 먹어도 날개가 생기지 않습니다 모든 것이 심은 대
로 자라는 건 아닙니다 날개를 먹고 다리가 자라는 건 창
의적인 겁니까 발전이 없는 겁니까 갓 지은 시에서 고령의
냄새가 나는 것도 비일반적입니다 그것은 기발한 겁니까

청소부

구름을 걷어내는 건
요란하게 빛나는 오로라가 아니라
보이지 않는 바람이다

잊지 마라
깨끗한 거리를 만드는 건
손이 깨끗한 사람들이 아니라
가장 때가 많은 청소부인 것을

제자리에서 흔들려라

검은 하늘

빗물에는 수분보다 먼지가 짙었다
먹구름과 차의 합주는 해롭고
매연을 닮은 비둘기는 새카맣다
흐린 도시는 거대한 정신병원 같아서
사지마비인 나무는 우울증에 시달린다

소화불량인 하늘은 번개를 쏟는다
자동차 경음기가 아이처럼 울고
새들의 나약한 노래가 묻힌다
천국에서 전기뱀장어가 꿈틀대자
피뢰침은 감전을 경험한다

소나기만큼 철없는 지렁이는
돌아갈 길을 생각 않고 인도로 나온다
영원한 비에 투자하는 개미들처럼

제자리에서 흔들려라

언젠가 해가 뜬단 예견을 부정하며
집에서 너무 먼 곳까지 나왔다

변덕스러운 세상에서 사람들은
우산과 양산이 하나이길 바란다

검은 하늘이 흰 눈을 쏟을 때
그 날씨를 무슨 색으로 부를지는
착시 그림처럼 난해하다

문명 안에서

 아파트는 지구의 충치예요 사람들은 유해한 세균이죠
주거지가 모자라면 숲을 밀고 건물을 세워요 수만의 생명
을 죽이고 수백의 사람이 둥지를 틀죠 인간들은 차에 기
생해 매연을 출산시키고 담배 연기를 날려요

 식탁엔 짐승의 시체가 놓였어요 인간의 풍요란 학살의
결과죠 입이 심심한 것과 육체의 절단 중에 무엇이 심각할
까요 인간에게 무해한 재앙은 문제가 아니죠 벌 없는 죄
가 세상에 파다해요

 아무도 읽지 않는 책을 위해 나무는 잘려요 아무도 보
지 않는 영화가 극장에 상영되죠 허공에서 작동하는 차도
연료를 써요 이익 없는 소모는 어찌할까요 세상은 희생보
다 개죽음이 많지요 무가치한 죽음은 특별할 것 없는 일
상이에요

제자리에서 흔들려라

걸음걸이

걸음걸이가 목표인 달리기가 있다
게임을 할 때 약한 캐릭터를 고르고
비효율적인 아이템을 장착하듯
모두가 최강이 목표는 아니다
전력질주보다 산책을 선호하며
고득점보다 재미에 집중하는
전진보다 여행이 목적인 사람도 존재한다
그러니 너와 다른 걸음걸이를
날개와 지느러미처럼 존중해라
초침처럼 빠르든 분침처럼 느리든
각자의 목적을 걸으면 그만이다

아이디어

날개만 있는 것을 새라 부르진 않는다
명작과 같은 아이디어를 떠올린다고
네가 거장과 대등한 건 아니다
그리는 것은 상상하는 것보다 어렵고
표현하는 것은 느끼는 것보다 어렵다

업적 없는 천재는 위인이 아니니
사람에겐 잠재력보다 성과가 중요하다
팔레트의 물감은 그림이 아니고
바퀴뿐인 물건은 수레가 아니며
모이지 않은 깃털은 날개가 아니다

네가 불로초의 씨앗이라고
불사의 열매라 청승 떨지 마라
닭은 알일 때 가장 많이 죽고

제자리에서 흔들려라

소수의 성목만이 과실을 맺으니
너는 개복치의 알 하나일 뿐이다

가능성은 촛불처럼 흔하고
업적은 태양만큼 드물다

울타리

흔들리는 갈대가 들의 담장이지만
울타리는 바람보다 단단해야 한다
바람에 휩쓸리고 사람에 밟히는 갈대는
둘레를 지킨다고 내부를 수호할 순 없다

꿈을 꾸는 사람들에겐 적성이 있다
백지에 '자동차'란 단어를 쓴다고
종이가 자동차가 될 순 없다
바위가 번데기의 꿈을 꿔도
돌덩이의 몸으론 나비가 되진 못한다

음치인 가수와 손재주 없는 화가는
무대와 전시에서 민폐가 된다
정치를 못하는 정치인들처럼
실력 없는 전문가들과
안목 없는 일반인들이 세상을 망친다

제자리에서 흔들려라

민초들의 꿈이라며
꽃으로 울타리를 세우지 마라
실력 없는 열정이
업무가 되어선 안 된다

바위의 꿈

어떤 바위의 꿈이
모래가 되어 나는 것이면
늙고 닳는 만큼 희망을 갖는다

하지만
자갈이 바위를 꿈꾸면
추억에 익사하는 것이다

평화주의자에게

지혜가 이길 수 없는 힘이 있다
변화무쌍한 계절을 품은 지구도
직진밖에 모르는 세월에 지고
지혜의 성역 알렉산드리아 도서관도
야만인의 불꽃에 소실되었다

전쟁을 비판하며
평화를 노래하는 일보다
무기를 늘리는 게 국익인 시대가 있다
때때로 열쇠는
지혜로운 철이 아닌 강력한 드릴이 맡는다

대화가 통하는 문이 있으면
문답무용인 벽도 있는 법이다
전쟁을 거부한다고

총알이 비켜가진 않으니
평화주의자에게도 무기는 필요하다

신실의 점수

채식주의자에게 식물의 고통을 논해요
사지가 절단되는 오이와
팽형을 당하는 콩나물과
피부가 깎이는 사과도
죽음을 피하고 싶은 생명체이니
비건을 위선이라 지적해요

그러나
다이어트의 목표가 0kg이 아니듯
100점짜리 노력만 노력인 건 아니에요
아무것도 먹지 않는 게 100점
소금물만 마시는 게 90점
식물만 먹는 게 80점이면
100점 아닌 노력에도 가치가 있지요

제자리에서 흔들려라

완벽하지 않은 신실함을
함부로 비난하지 마세요
성적이 낮은 것과
시험을 포기하는 것은 다르니까요

이어지는 존재들

책과 사과가 나무의 아이라면 둘은 가족이에요 어둠 속에 반딧불이와 추위 속에 손난로는 공감자예요 소화기와 물은 불을 먹는 동지예요 물의 자식인 물고기에게 소화기는 삼촌일까요 인연은 실낱같은 공통점으로 이어져요

보석은 별과 달리 뜨겁지 않다고 자수해요 녹색 커튼은 초록 잎과 달리 광합성을 못 해요 구름을 닮은 솜사탕은 비를 쏟지 못하네요 인형 안에 솜은 달콤하지 않군요 차이점도 공통점처럼 이어져요

우리는 언제나 지구의 아이예요 고생대의 삼엽충과 미래의 신인류는 형제예요 박수에 죽은 모기와 말라리아로 죽은 인간은 식구예요 먹히는 풀과 먹는 기린도 남매예요 가족이란 이유로 사랑이 의무인가요 먹이와 포식자가 어찌 우애를 나눌까요 천적과 이어지지 않는 세상을 원할 뿐이죠

제자리에서 흔들려라

인간을 위한다면

인간 외에 생명이 아니라면
곡식을 훔치는 해충은 없고
짐승은 사냥꾼을 피하지 않았을 것이다

세상이 인간을 위해 존재한다면
마을에는 지진이 일어나지 않고
버섯 중에 독버섯은 없었을 것이다

우리가 점령한 세계는
인류를 사랑하지 않는다
벌들의 달콤한 꿀과
코끼리의 단단한 상아는
강탈물일 뿐 선물이 아니다

그러니 인간만의 신이
세상을 만들었다고 착각 마라

인류는 선택받은 게 아니라
스스로 선택한 것이니
자연은 스마트폰을 선물한 적이 없다

모기가 어떻게
인간을 위한 생물이겠는가

무지개

벼락 맞은 꽃이
무지개가 뜬다고
되살아나진 않는다

떨어진 낙엽은
봄이 와도
푸른 잎이 될 수 없다

아름답게 반성한다고
죄가 사라지는 건 아니고
이미 지나갔다고
상처가 사라지는 것도 아니다

제자리에서 흔들려라

생각

생각은 상상보다 다양해요 말은 불가능을 묘사할 수 있어요 우주보다 작은 모래에 넓은 우주를 담아요 모래는 확장되지 않았고 우주는 축소되지 않았어요 상상할 수 없는 걸 표현할 수 있어요

눈 없이 앞을 볼 수 있어요 파동 없이 소리를 들을 수 있어요 코 없이 냄새를 맡을 수 있어요 시간 없이 움직일 수 있어요 의미는 현실보다 자유로워요 아무리 노력해도 불가능한 일을 생각은 해내죠

제 생각은 어느 나라 말일까요 소리에는 국경이 없지만 의미에는 있어요 소통하기 위해 서로의 언어를 배워요 암기한 단어 수만큼 더듬이가 늘지요 국경 없는 음정에 따라 생각이 움직여요 당신의 뇌는 국적이 어디일까요

고행과 여행

비에 젖긴 싫어하면서
목욕탕에 몸을 적시듯
열대야에 잠 못 이루면서
여름보다 뜨거운 사우나에서 잔다

선택하지 못하면 고행이 되고
선택하면 여행이 된다
상황을 선택할 수 있도록
네 인생의 핸들을 놓지 마라

어디로 갈지 모르는 자들은
어떻게 될지 선택할 수 없다

해바라기에게

바닥을 봐도 비 오는 하늘을 알아요
눈물을 관측하면 슬픔을 예상하듯
우는 하늘은 태양과 불화가 있겠죠
장마철에 핀 해바라기는
한 번도 해의 미소를 못 볼지도 몰라요

마른 꽃을 보면 가뭄을 알아요
비구름과 멀어진 광활한 사막은
초원일 때 비를 홀대한 걸까요
일편단심인 해바라기도
비와 우정 해야 필 수 있는데 말이죠

외눈의 꽃이여
그대의 마음에 해가 있다고
그것 하나에 목매지 마세요

제자리에서 흔들려라

독보적인 태양에 가려져도

무수한 별이 떠있는 것처럼

연애도 사랑이지만 우정도 사랑이잖아요

망각

잃기 전에 잊은 것이 있어
창고에 묵힌 책과
산에 매장된 조개 화석처럼
망각의 지층에 매몰된 경험이 있어

그대는 기억할까
탄생한 순간 몇 초를 울었는지
잡아먹은 세균 수가 얼만지
일생에 읽은 모든 글자가 어떤지

불변의 과거
변하는 기억
지워진 흔적 속에서
그대가 모르는 그대도 있어

제자리에서 흔들려라

아무도
빗방울의 수를 기억하지 않기에
모든 과거가
역사가 될 순 없는 거야

너의 태양이
너를 이름 없는 모래알로 기억해도
그럴 수 있는 거야

통조림의 과일

이곳은 나이테가 느리게 쌓인다
먼지를 차단한 만큼 노화는 더디고
사회 생활에 마음이 썩는 일이 없다
초파리의 인기 스타가 되느니
홀로 잠을 자는 게 장수의 길이다

주름살이 얼마나 게을렀는지
커튼 같은 뚜껑을 열면 알게 된다
박제충처럼 오래된 과실들은
맨몸으로 썩은 동족과 달리
세월이 무직인 듯 젊어보인다

하지만 추억 없는 삶이 길다고
부러워하는 생물은 드물다
오래 살고자 밀폐된 나날엔

해충이 없지만 친구도 없고
성장도 존재하지 않는다

통조림은 번데기와 다르듯
오래 사는 게 익어가는 건 아니다

바람

역행할 수 없는 바람에겐
방금 지난 장소가 가장 멀다
과거의 발자국을 밟아도
어제에 이를 수 없으니
천 년 후가 더 가기 쉽다

거울에 비친 바람은
얼굴 없이 화장품만 붙었다
햇살보다 짙은 구름을 몰아도
빛을 연행하지 못하는 바람은
자기 육신으로 된 그늘이 없다

불면증인 바람은
최초의 잠이 최후의 안식
브레이크 없는 차처럼

제자리에서 흔들려라

꺾일지언정 멈추지 않는 바람은
죽음보다 변절이 더 두렵다

바람은 지구의 혈관을 돌며
허공에서 벽까지 투신자살 중이다

불

　미지근한 햇살에 불꽃이 동사한다 따가운 여름도 화염
에겐 추운 계절이다 얼어죽지 않기 위해 불꽃은 춤을 춘
다 화염은 땔감에 의존하는 만큼 빛이 난다 자립할 수 없
는 불꽃을 보며 별들은 혀를 찬다

　담배 한 자루가 산을 멸망시킨다 부지런한 불씨는 게으
른 칼보다 쓸 만한 무기다 바람과 군무할 때면 수천 배는
날카롭다 불은 도토리보다 빨리 번식하고 비보다 빨리 세
상을 바꾼다 비구름이 천 년간 키운 산을 불꽃은 하루 만
에 몰락시킨다

　제자리에서 흔들려라

가난한 불은 빚이 전 재산이다 산 하나 태우고 나무 한 그루 키울 수 없고 증발한 연못에 눈물 한 방울 더할 수 없다 불꽃은 벌금을 내지 못하며 노역도 불가능하다 죽은 풀잎을 살리지 못하고 산 꽃을 돌보지 못한다 무능한 불은 충동의 노예일 뿐이다 인내로 광합성을 하는 햇빛이 혀를 찬다

수생의 맛

사과에서 우산 맛이 난다
비를 마신 적이 있는 껍질은
조금씩 구름의 냄새를 지닌다
사과로든 우산으로든
천국의 일부를 음미할 수 있다

가로수가 마시는 물은
수장룡의 오줌 출신이다
방랑수는 다양한 곳을 여행했으니
비의 말에 경청한 나무는
산에서도 고대 산호초를 안다

혹시 태초의 물을 함유했으면
청년도 노약자석에 앉아도 될까
새벽녘에 맺힌 이슬이

제자리에서 흔들려라

젊다는 것엔 근거가 없고
우리의 첫 생은 수수께끼다

영혼에도 나이테가 있기에
애늙은이가 태어나는지도 모른다
노화와 회춘을 반복하는 물은
늙어 죽으면 젊은 정자가 된다

전갈

가재의 신이 사막에 전갈을 보냈다
강철 같은 DNA를 증명하기 위해
햇살의 망치질에 껍질을 댔다
아무리 커다란 상어가 와도
사막에서 전갈처럼 살 수 없다

가재들은 전갈을 보며 자랑한다
자기는 풍요로운 바다가 아니라
사막처럼 고달픈 곳에도 적응한다고
고래 앞에서 생존력을 과시하며
절지동물의 유전자를 칭송한다

그렇지만 가재 꼬리엔 독이 없듯
남의 공은 본인의 업이 되지 않는다
같은 게임을 하는 명문대생이 있다고

제자리에서 흔들려라

머리 좋은 사람만 하는 게임이 아니니
사막을 견딘 훈장은 전갈의 것이다

성자와 범죄자가
종족이 같은 걸 명심해라

우연

식탁에 상어가 놓였다 날카로운 이빨에 먼지가 쌓인다 복수를 목격한 정어리의 혼이 보이고 먹이를 빼앗긴 범고래의 한도 보인다 포식자는 언젠가 먹이가 되니 인간이 죽으면 불꽃과 세균이 살을 뜯는다 천적 없는 생물은 없고 별들도 블랙홀에 잡아먹힌다

독수리가 타조의 학교에 간다 비행 천재였던 그가 질주 바보가 된다 대지를 교육할 때 바람의 길을 걷는 건 반항일 뿐이다 타조와 펭귄과 독수리는 유능한 것보다 학교를 잘 만나는 게 중요하다 선로가 명백할수록 둥지는 중대하다

제자리에서 흔들려라

상어와 독수리가 미아처럼 운다 누군가를 만나는 것과 어딘가에 머무는 것이 운명이다 상어는 어부를 만났고 독수리는 새장에 갇혔다 주인공의 운명인 줄 알았던 포식자가 엑스트라가 된다 그들이 죽어도 해는 뜨고 꽃은 필 것이다 존재의 운명은 남에겐 우연일 뿐이다

불가사의

서울의 피라미드는 미스터리가 아니다
신비로운 건 크레인 없이 지은 무덤이지
기계로 건물을 세우는 건 일반 공사다
하지만 피라미드의 설계도를 이해하는 것도
누군가에겐 하늘을 나는 타조처럼 신기하다

2000년에 스마트폰은 머나먼 망상이었다
시간 여행자들도 상상할 수 없는 기계였고
10년 뒤에 상용화된단 주장은 광증이었다
그러나 미친 소리를 비난한 예언자들은
신의 뜻을 탄압한 종교인 꼴이 됐다

낮 하늘에서 별자리를 관측하고
달에서 꽃밭을 가꾸는 일은
대부분의 사람에겐 불가능한 일이다

제자리에서 흔들려라

하지만 괴물 같은 과학자들은
기적처럼 그것을 해낸다

침팬지와 인간의 지성 차이보다
호모사피엔스 간 격차가 크니

누군가에겐 친구도 불가사의하다
그렇게 앞서가는 위인들은
공감 없이도 성과를 자아낸다

거인의 흔적

운석처럼 비가 내렸다
위인의 발자국에 사는
난쟁이의 마을은 수몰했다

거인에겐 발목만 한 수위가
소인에겐 심해였으니
너의 웅덩이는 나에겐 바다였다

모두의 영원

존재자의 자유와 행복을 위해
필요한 것이 적절하게 다 있고
존재자의 불행이 없기 위해
필요한 것이 적절하게 다 있는 세상이
모두의 제자리가 되리라
최초의 이야기부터 모든 이야기가
전 생물의 행복을 위해 존재하여
묘사된 불행을 무시하고
비극은 무생물만 겪으며
모든 자가 영원히 행복하리라